"Petite Collection Guillaume"

VYASA

Sakountala

PARIS

E. DENTU, ÉDITEUR
3, Place de Valois, 3

M DCCC XCIV

NELUMBO

Si eſt livres que ne ſe peuvent ignorer,
ſi tant plus ne peuvent ne ſe poſſeſſer.

IL A ÉTÉ TIRÉ DE CET OUVRAGE
quelques exemplaires
sur papiers *Vélin*, *Chine* et *Japon*

Sakountala

“ Petite Collection Guillaume ”

VYASA

Sakountala

Traduction libre de P.-E. Foucaux

Illustrations de Marold et Mittis

PARIS
E. DENTU, ÉDITEUR
3, Place de Valois, 3

M DCCC XCIV

Sakountala

Préface

Le poème du Mahâbhârata, gigantesque épopée qui compte environ cent cinquante mille vers, est attribué au solitaire Vyâsa. Probablement, ainsi qu'on l'a dit pour l'Iliade et l'Odyssée, ce n'est pas l'œuvre d'un seul homme; comme en Grèce et comme au moyen-âge, des bardes voyageurs s'en allaient de ville en ville célébrant les exploits des dieux et des héros. Réunis plus tard en un poème unique, leurs chants, qui remontent généralement à la plus haute antiquité, ont formé le Mahâbhârata.

Les guerres d'une race fameuse dans l'Inde, princes issus d'une même famille, qui se disputaient le pouvoir suprême, ont fourni le sujet principal de ce poème; nous disons principal, car on y trouve un mélange bizarre de récits de batailles, de légendes et de traités de religion, de philosophie et de morale. C'est à l'ombre d'une forêt majestueuse, devant un synode de pieux ascètes, que le Mahâbhârata fut, dit-on, récité pour la première fois d'un bout à l'autre. Aussi, est-il considéré comme un livre aussi saint que le Veda et quiconque en connait l'explication sera délivré de tous ses péchés.

Un Hindou, ému de l'indifférence religieuse de ses compatriotes, Protap Chundra Roy, publia, il y a quelques années, une traduction Bengali du poème sacré et il la distribua gratis, à ses frais. Mais cela ne suffisait pas à son zèle ; il fit appel à tous les orientalistes d'Asie et d'Europe pour publier en anglais une traduction complète du Mahâbhârata. Cette traduction sera vraisemblablement terminée l'année prochaine et la volonté énergique d'un homme aura accompli l'œuvre qui, jusqu'ici, n'avait pu être réalisée. Il y a longtemps, du reste, qu'on s'occupe du Mahâbhârata ; la rédaction définitive en fut commencée dans l'Inde deux siècles avant notre ère. Beaucoup plus tard, le texte sanscrit fut, pour la première fois, imprimé à Calcutta (1834-1839). L'analyse et l'étude de ces textes devaient tenter des orientalistes célèbres tels que : Bopp, Lassen, Wilson, Chézy, Burnouf. Ce dernier jugeait que la traduction du poème sacré était la plus utile entre celles de tous les livres sanscrits, estimant que cet ouvrage convenait mieux qu'aucun autre au goût et aux aptitudes de la philologie française.

Le goût français, cependant, pourrait être choqué de certains traits un peu sauvages et d'une exagération qui, sans se soucier des proportions, grossit outre mesure épisodes et légendes. La faute en est aux mœurs de ces temps antiques et au climat de l'Inde. Quand les hommes campaient sous la tente, leur langage ne pouvait pas être bien raffiné ; d'autre part, dans un pays où la nature produit tout avec profusion, où fleurs et fruits naissent en l'espace de quelques jours, où les bambous, qui atteignent à la hauteur des arbres, forment des forêts impénétrables et où l'on voit passer des éléphants que les poètes comparent à des collines, empêchez donc l'imagination du conteur de se donner carrière !

Ajoutons qu'à l'époque où l'on croit que le Mahâbhârata fut rédigé, sous la forme où il nous est parvenu, c'est-à-dire aux derniers siècles qui ont précédé notre ère, les Brahmanes auront voulu rassembler sans distinction, dans un seul ouvrage, toutes les traditions qui les intéressaient pour s'en servir au besoin. L'antagonisme qui existait déjà entre eux et les Bouddhistes n'est peut-être pas étranger à la manière dont le Mahâbhârata a été rédigé, par opposition aux volumineux ouvrages que produisait incessamment la secte rivale.

Le grand poème sacré se compose de dix-huit Parvas ou chants. Dans le premier, Adi-Parva, se trouvent, avec la généalogie des deux familles rivales, les circonstances de la naissance et de l'éducation des princes. L'épisode de Sakountala, une des plus anciennes et des plus célèbres légendes du poème, fait partie du premier livre. C'est cet épisode que nous avons essayé ici de reproduire et de faire goûter au lecteur français qu'une traduction littérale aurait pu rebuter. Dans cette adaptation où nous nous sommes toujours efforcés de respecter le fond et la forme du poème, nous avons mêlé quelques traits empruntés au drame de Kâlidâsa, « La Reconnaissance de Sakountala ». Notre but, en agissant ainsi, a été d'expliquer certaines obscurités et d'adoucir la rudesse de la légende antique. C'est donc sous une forme nouvelle que nous présentons aujourd'hui au public l'héroïne Hindoue qui eut, de tout temps, le privilège de passionner ses compatriotes, la touchante Sakountala qui inspira poètes, savants, dramaturges et même librettistes de ballet. (1)

Ce fut vers la fin du XVIIIe siècle, dans cette société brillante et raffinée qui, à force de civilisation, touchait

(1) Ce mélange de la légende et du drame existe déjà en Bengali.

à la décadence, que Sakountala fit sa première apparition. Comme à l'époque actuelle, on était à l'affût du nouveau, de l'inédit. La littérature orientale offrait un vaste champ à cette avide curiosité qui se manifestait de toutes parts.

Il existait à Calcutta un juge de paix qui avait débuté dans la vie par être la précepteur d'un grand seigneur anglais; Williams Jones occupait ses loisirs en étudiant l'Arabe, le Persan et le Sanscrit. En 1789, un peu avant que la tourmente révolutionnaire s'abattit sur la France, il donna la première traduction, en anglais, non de la légende du grand poème Hindou, mais du drame de Kâlidâsa, avec ce double titre : Sakountala ou l'anneau fatal.

Le succès fut considérable, si bien

que, deux ans après, le chef-d'œuvre du poète indien était traduit en allemand et Goethe, alors étudiant à Weimar, écrivait avec l'enthousiasme des jeunes années :

Veux-tu dans un seul mot renfermer à la fois
Et les fleurs du printemps et les fruits de l'automne ?
Veux-tu le ciel, la terre et les senteurs des bois ?
Veux-tu ce qui ravit, transporte, ce qui donne
L'émotion au cœur, le plaisir à l'esprit ?
Voici Sakountala ; par ce nom tout est dit. (1)

En 1815, lorsque, après tant de guerres et de secousses, on put enfin songer aux choses de l'intelligence, Louis XVIII fonda au collège de France la chaire de sanscrit qui fut confiée à l'orientaliste Antoine de

(1) Voici le texte de la stance de Gœthe :

Willst du die Blüthe des Frühen, die Früchte des späteren Jahres,
Willst du was reizt und entzückt, Willst du was sättigt und nährt
Willst du den Himmel, die Erde mit einem Namen begreifen,
Nenn'ich Sakontala dich, und so ist Alles gesagt.

Chézy. La route que devait si brillamment parcourir un des élèves du nouveau professeur, Eugène Burnouf, n'était pas encore tracée ; tout était obscur et inexploré dans ces régions de la science. Après beaucoup de tâtonnements, l'honnête Chézy qui n'était pas, il s'en faut, de la force des Sacy et des Rémusat, publia plusieurs travaux estimables, entr'autres une traduction du drame de Kâlidâsa, suivie du texte sanscrit et d'une traduction libre de la légende du Mahâbhârata. Membre de l'Académie des inscriptions et l'un des fondateurs de la Société Asiatique, Chézy n'avait pas échappé aux influences de son temps ; il écrivait en prose comme Baour Lormian écrivait en vers, dans un style emphatique, maniéré et fleuri.

L'étude ne refroidit pas autant qu'on pourrait le croire ; ce professeur de sanscrit était plein de flamme et d'enthousiasme. « Malheur au cœur sec, s'écriait-il, qui, après la lecture de Sakountala, ne palpiterait pas rempli des plus douces émotions. »

Chézy avait même l'âme trop sensible ; de violentes peines d'amour vinrent traverser sa vie ; ces aventures-là se voyaient encore sous la Restauration. Dussions-nous scandaliser les lecteurs, avouons que ce n'était pas Mme Helmina de Chézy qui causa les chagrins de son époux. Tandis qu'elle voyageait en Allemagne, écrivant des livrets d'Opéra comme celui d'Euryanthe, mis en musique par Weber, une certaine Thérèse se chargeait du bonheur de l'académicien, bonheur qu'un mari jaloux eut l'indiscrétion de venir troubler. Peu de temps après, l'héroïne mourut. Laissons ici la parole à Antoine de Chézy et donnons, à titre de curiosité littéraire, un échantillon de son style.

« Il n'était réservé qu'à Sakountala, embellie de tous ses charmes, de relever par intervalles mon âme de son douloureux accablement. Tu le sais aussi, toi, infortunée créature, victime depuis longtemps dévouée à la mort la plus cruelle et que, durant trois années entières, j'ai vue dépérir chaque jour, remplie d'un calme et d'une résignation admirables, et n'éprouvant d'autres regrets que celui de m'abandonner ! Toi qui, sur la fin de ta terrible agonie, n'ayant plus la force d'articuler tes derniers souhaits pour mon bonheur, les laissais deviner encore par le mouvement muet de tes lèvres mourantes! Toi, dont le triste regard me suivait encore lorsque l'éclat de tes yeux s'effaçait graduellement pour faire place à d'éternelles ténèbres. »

Et après avoir ainsi, dans l'introduction de cet ouvrage dédié à Sylvestre de Sacy, mis le public dans la confidence de ses douleurs, l'excellent homme termine la traduction de la légende sanscrite par ce vers de Walter Scott, inscrit sur le recto de la dernière feuille du volume :

« That I o'erlive such woes, Enchanteresse!
[Is thine own. »

« Si j'ai pu survivre à de tels chagrins, c'est à toi que je le dois, enchanteresse! »

L'amante de Douchmanta ne se doutait guère que, après deux mille ans écoulés, elle panserait la blessure du cœur d'un académicien.

Elle devait aussi occuper les loisirs d'un vieux régent de rhétorique du collège de Juilly. Hypolite Fauche avait commencé une traduction, non seulement de l'épisode de Sakountala, mais du Mahabhârata tout entier. Il habitait la campagne. Levé dès l'aurore, il s'en allait dans les bois, un feuillet sanscrit et ses tablettes à la main, s'arrêtant parfois pour écrire quelques lignes. Au retour, on raconte qu'à l'exemple de Molière qui essayait l'effet de ses œuvres sur sa servante Laforêt, il lisait son travail aux deux femmes qui soignaient sa vieillesse. Écoutaient-elles attentivement le récit des exploits d'Ardjouna ? S'attendrissaient-elles sur les malheurs de Sakountala ? Toujours est-il que Fauche, enchanté de l'expérience, continuait avec une ardeur juvénile l'œuvre gigantesque qu'il s'était imposée. « C'est une folle entreprise, — disait-il quelquefois, — je ne me dissimule pas que j'y récolterai plus de peine que de profit, mais peu m'importe ; j'atteste que je la mènerai à bonne fin si Dieu ne m'arrête par la mort ou l'infirmité ». C'est la mort qui arrêta Hypolite Fauche alors qu'il n'avait encore terminé que dix volumes. Personne ne se chargea des six qui restaient à faire. C'est pourquoi ce ne sera pas un Français mais un Hindou qui aura l'honneur de faire paraître, en anglais, la première traduction complète du Mahâbhârata.

Les mondains eux-mêmes, étrangers aux choses de la science, connaissent de nom, tout au moins, Sakountala. Le drame de Kâlidâsa a été traduit dans toutes les langues européennes. Max Muller, le professeur d'Oxford, a dit fort justement : « Pas plus que les Grecs n'ont le droit de revendiquer Homère pour eux seuls, les Hindous n'ont droit de revendiquer Kâlidâsa ; les chefs-d'œuvre appartiennent à l'humanité entière ! »

Il faut citer pour mémoire une traduction du drame donnée par nous il y a plus de vingt ans et aujourd'hui épuisée, ainsi qu'une autre, plus récente, d'un orientaliste disparu dans la maturité de l'âge : Abel Bergaigne. Il visitait les Alpes ; un jour, s'étant aventuré sans guide dans un sentier glissant, il roula au fond d'un précipice; on le retrouva quelque temps après la tête fracassée, méconnaissable.

Disons, pour terminer cette notice bibliographique, que Théophile Gautier, le coloriste par excellence, si amoureux des choses orientales, s'avisa de choisir Sakountala pour sujet d'un libretto de ballet et que l'héroïne indienne se présenta au public parisien sous la figure d'une danseuse célèbre, en 1858. Au lieu de la plume des poètes, ce furent les gestes d'une actrice de l'Opéra qui servirent cette fois, à traduire les émotions amoureuses et l'indignation de la fille de la nymphe Mênaka.

La Sakountala épique étant beaucoup moins connue que la Sakountala dramatique, c'est l'héroïne de la légende primitive que nous avons préféré offrir au lecteur. Les bardes indiens ne connaissaient guère l'art moderne de la psychologie ; ils nous donnent peu de détails sur l'état d'âme de leurs personnages ; les héros qu'ils mettent en scène agissent plus qu'ils ne raisonnent et ne s'attardent pas à décrire leurs sentiments. Pourtant, la figure de Sakountala se détache au milieu de la galerie des héroïnes du Mahâbhârata avec un relief tout particulier. Cette fille d'ermite, qui a les timidités et les ignorances de la vierge, se montrera courageuse et pénétrée du devoir comme les femmes de la Bible, pathétique comme l'Antigone d'Eschyle et tendre comme la Bérénice de Racine. Lorsque le roi Douchmanta lui déclare qu'il l'aime, au milieu de l'enivrement du premier aveu, elle ne se trouble pas et prévoit l'avenir; elle réclame pour le fils qui naîtra d'elle l'hérédité du trône. Plus tard, se croyant délaissée, elle ira au hasard des aventures rechercher son époux pour lui présenter le fils né de leurs rapides amours; c'est son devoir et, quoi qu'il lui en coûte, elle n'y faillira pas. Tant s'en faut que ce soit une savante; les ermites ne lui ont guère appris qu'à offrir des sacrifices aux dieux; cependant, lorsqu'elle se trouve devant le monarque asiatique qu'environne l'appareil imposant de la royauté, avec quelle habileté éloquente elle réclame ses droits! Comme l'amour maternel l'inspire! Il y a dans ce plaidoyer des traits d'une grandeur et d'une poésie que les plus illustres auteurs de la

Grèce et de Rome ne désavoueraient pas. Par la puissance du sentiment, les bardes Aryens, sans modèle, se sont élevés, d'un bond, aux sommets de l'art; le langage qu'ils ont mis dans la bouche de leur héroïne est sublime. Kâlidâsa, beaucoup plus civilisé, n'a pas, malgré tout son génie, l'ampleur magnifique de certains passages de la légende; plus affinée et plus touchante peut-être, la Sakountala du drame est moins énergique et moins vivante que celle du poème primitif. Il semble entendre l'amante de Douchmanta dans cette scène capitale de l'œuvre où elle se défend en présence du roi et de toute la cour; d'abord, muette, accablée sous l'excès de la surprise et de la douleur et levant les yeux au ciel pour prendre les dieux à témoins comme *l'Ophélia* de Shakespeare, murmurant en face de l'abandon d'Hamlet:

« Puissances célestes, ramenez-le à lui-même ! »

Puis, retrouvant toute son énergie pour répondre aux rivales jalouses qui l'injurient, aux courtisans serviles prêts à la déchirer et à l'amant ingrat qui refuse de la reconnaitre. Mais où elle est plus admirable encore, c'est dans sa clémence généreuse, lorsque, sans une plainte, elle ouvre ses bras au coupable et pardonne parce qu'elle aime véritablement. Les dieux interviennent pour excuser celui qu'aveuglait une malédiction fatale. Sakountala n'avait pas besoin de cela pour justifier l'abandon de celui que son cœur n'a jamais oublié.

N'est-il pas merveilleux qu'une héroïne indienne n'ait rien perdu, après plus de deux mille ans de sa grâce et de sa fraîcheur ? Quelle moderne héroïne pourrait se vanter d'un pareil triomphe ? Incarnation de la vertu et du sacrifice, Sakountala est une figure que nous aimons et qui nous charme aujourd'hui comme elle charmait les ascètes groupés sous les ombrages des forêts de l'Inde antique. Avant tout, elle est vraie, c'est le secret de sa jeunesse éternelle !

P.-E. Foucaux.

Prologue

Tous les bienheureux du paradis d'Indra sont dans la consternation; un nuage de tristesse plane sur le séjour des joies et des voluptés; les *Gandharvas* (1) ont interrompu leurs accords célestes et cessé de chanter la gloire du maître; les nymphes, attristées, inclinent leur tête mutine,

(1) Musiciens du ciel.

ne songeant plus ni à la danse ni aux amours, tandis que la troupe ailée des Génies demeure immobile et contemple avec effroi le visage assombri de celui qui tient la foudre entre ses mains redoutables. Les saints et les héros, aux corps lumineux, entourent silencieusement le trône où Indra est assis sous une ombrelle blanche que supporte une hampe d'or enrichie de pierreries. En vain les plus belles *Apsaras* (1), Rambha, Ghritâkchi, Ourvasi et Mênaka, agitent l'éventail parfumé pour rafraîchir ce visage bouleversé par la colère. Quel souci peut ainsi troubler la majestueuse sérénité d'un Dieu ?

Tout à coup Indra semble s'éveil-

(1) Nymphes du paradis d'Indra.

ler d'un songe; il appelle Mênaka, la plus renommée d'entre les nymphes; tous prêtent l'oreille; le Dieu va parler :

« Sache, — dit-il, — que, dans un ermitage situé sur les bords de la rivière Kausiki, il existe un solitaire appelé Visvamitra qui fut jadis le précepteur et le conseiller de Râma; cet homme m'inquiète. Qui sait si, par la puissance de ses austérités, il n'arrivera pas à me détrôner pour prendre ma place. Toi seule, Mênaka, peux me sauver d'un pareil danger. Tu l'emportes en beauté sur toutes tes compagnes; descends sur la terre, ma charmante, et, pour ébranler la vertu de l'ascète, mets en usage toutes les armes que Brahma t'a données : voix caressante, regards troublants, sourire perfide, gestes voluptueux, ne ménage rien; tu vaincras celui qui ne s'est jamais laissé séduire et je n'aurai plus rien à craindre. »

Les nymphes, comme les simples mortelles, ont bonne opinion de leurs charmes; pourtant Mênaka répond timidement :

« Oh ! seigneur, quelle mission difficile veux-tu me confier ? M'exposer, moi faible créature, au ressentiment du grand *Mouni* (1) redouté par toi-même à ce point qu'un jour, pour te soustraire à ses regards, tu as bu le Soma (2) qui rend invisible. Crois-tu donc que ma beauté ait aucun effet sur l'incorruptible et

(1) Solitaires voués à la contemplation et à la pénitence.

(2) La liqueur sacrée.

puissant ascète qui, pour se baigner, fit jaillir un fleuve aux eaux profondes, qui ébranlerait la terre rien qu'en la frappant de son pied et dont la main briserait sans effort le Mont Mérou aux cimes orgueilleuses ? N'en doute pas, seigneur, une tentative aussi hardie serait cruellement punie et la pauvre nymphe succomberait anéantie sous le feu de la colère du saint. »

A ces mots, le front d'Indra s'obscurcit et les doigts qui serrent la foudre s'agitent convulsivement. Toute tremblante, Mênaka reprend :

« N'importe, ô maitre ! tu commandes et je dois obéir. Je n'implore qu'une faveur, ne m'abandonne pas ; du haut du ciel protège-moi sur la terre ; donne-moi une escorte qui puisse au besoin me seconder et me défendre. Quand je paraîtrai devant l'ermitage, fais en sorte qu'une brise légère s'échappe des bosquets d'alentour ; que Vâyou, le Dieu des vents, soulève insidieusement les plis de ma tunique tandis que Kâma, le Dieu de l'Amour, murmurera à l'oreille du solitaire des paroles tentatrices. Pour triompher, il me faut, avant tout, des auxiliaires adroits et zélés. »

Comment Indra n'eût-il pas accueilli une demande si naturelle ? Qu'on ne s'étonne pas des frayeurs de ce dieu puissant ; il appartenait à la catégorie des divinités sujettes à la transmigration auxquelles les vertus des mortels portent toujours ombrage. Mais il avait pleine confiance dans les talents de l'Apsara si experte aux choses de l'amour et, maintenant, son esprit était tran-

... Après s'être plongée dans un bain...

quille. La joie et l'harmonie régnèrent de nouveau dans le Swarga; on célébra par des danses et des chants la victoire prochaine de la belle nymphe.

Ménaka se disposait au départ, ne négligeant aucun préliminaire. Après s'être plongée dans un bain rempli d'onguents célestes, elle se coiffa d'une guirlande de fleurs écloses dans les jardins du paradis, revêtit sa robe la plus éclatante et, sans plus tarder, se mit en route sous la conduite de Mâtali, le cocher d'Indra. Kâma et Vâyou, tout réjouis, les libertins! du rôle qu'on leur assignait, suivaient en folâtrant le char qui fendait les nues et chassait l'obscurité. Ni lune ni soleil n'éclairait l'espace que l'éclat des corps bienheureux suffisait seul pour illuminer.

Dans l'éther nuageux, les orages étaient en permanence ; le tonnerre grondait, la foudre traçait des zigzags enflammés et les éclairs se succédaient sans relâche. Des trombes formidables, des ouragans impétueux s'engouffraient avec un bruit sinistre dans des solitudes sans fin. Des divinités d'ordre inférieur, Garoudas aux grandes ailes éployées, Nâgas à la gueule flamboyante, Rakchas malfaisants à la prunelle rouge, (1) accouraient en foule sur le passage des voyageurs ; il y avait là de quoi effrayer toute autre qu'une immortelle. Heureusement, le voyage fut rapide et l'astre aux rayons froids venait à peine de se lever quand le char céleste arriva en vue de l'ermitage.

(1) Vautours, serpents et démons.

Indra avait bien choisi son heure; rien de plus favorable pour la partie qui allait se jouer entre un sage et une courtisane que cette soirée printanière où les fleurs tombaient des arbres en pluie parfumée, où l'air, saturé d'effluves violents, amollissaient les volontés les plus robustes et où tout chantait le renouveau, depuis le Kokila (1) perché dans les bosquets jusqu'aux grillons nichés sous l'herbe. Seul, l'ascète restait insensible au milieu de la joie universelle. Il venait, comme chaque soir, de se livrer aux macérations. Assis, les jambes croisées devant sa grotte, le saint, qui avait consumé le péché par les ardeurs de la pénitence, demeurait abîmé dans l'extase et la prière lorsque Mênaka surgit tout à

(1) Le Rossignol Indien.

coup d'un bois voisin. Sans préambule, elle se mit à exécuter une des danses si fort appréciées des habitants du ciel ; phalène lascive, elle glissait sur les gazons, tantôt languissante et passionnée, tantôt si vive et si légère que bracelets et colliers s'agitaient à son cou et sur ses bras avec un murmure d'oiseaux gazouillants. Peine perdue ! Le regard du solitaire, fixé sur un seul point, ne voyait rien. C'était le moment pour les deux compères d'entrer en scène ; ils n'avaient garde d'y manquer. Une brise imperceptible commence à souffler ; les zéphirs soulèvent doucement les plis de la blanche tunique découvrant les deux colonnes arrondies comme la tige du bananier qui soutiennent ce corps charmant.

Kâma se penche vers le solitaire.

« Regarde donc, — murmure le Dieu malin, — cette effrontée qui prétend te séduire ; tu peux la contempler impunément ; ta vertu n'est-elle pas inébranlable ? »

Sur cette fallacieuse assurance, le sage risque un œil. Il a tort ; pareille vue est dangereuse, même pour un ascète au sang refroidi par la pénitence, et la chair qu'on a cru dompter se réveille parfois d'autant plus impérieuse. Visvamitra peut-il ne pas voir combien est belle, dans la lutte qu'elle soutient contre le vent, cette nymphe parée de tous les trésors de la jeunesse ? La gorge rebondie, le Nitamba superbe, (1) les hanches voluptueuses se soulèvent et se dressent avec une coquetterie provocante.

(1) L'équivalent des formes de la Vénus Callypige.

La nymphe rusée feint de vouloir réparer le désordre de ses vêtements; elle réussit à l'augmenter et chaque mouvement met en évidence une grâce nouvelle.

L'ermite a cessé de prier et son œil ne perd rien d'un spectacle trop attrayant. D'un dernier souffle, le vent enlève la tunique de Mênaka et la fait voltiger sur le gazon; c'est le coup décisif dans ce combat singulier où deux adversaires sont si bien d'accord. La danseuse apparaît sans voile, dans tout l'éclat de sa beauté radieuse. Fort mécontente en apparence de l'aventure, elle s'élance avec un chaste embarras à la poursuite du léger tissu qui lui échappe chaque fois qu'elle veut le saisir.

C'en est trop; Kâma et Vâyou peuvent se féliciter de leur succès;

... Les Zéphirs soulèvent doucement les plis de la tunique...

la tentation d'un moment a suffi pour effacer toute une vie d'austérités. L'Apsara vient de rattraper sa robe; trop tard, hélas! pour la vertu du saint. D'un geste violent, il attire contre sa poitrine frémissante le corps souple de l'immortelle; il l'emporte entre ses bras et la dépose sur le lit de mousse témoin de tant de mortifications. Cette fois ce ne seront plus des soupirs arrachés par la souffrance que vont répéter les échos de la grotte.

Mênaka ne demandait qu'à répondre aux transports qu'elle excitait. L'amour prit sa revanche sur le solitaire; l'asile de la sagesse devint celui de la folie et les semaines s'écoulèrent plus rapides qu'un jour. Bientôt Mênaka s'aperçut qu'elle portait dans son sein une preuve vivante de la fragilité des ermites ; Indra l'avait voulu !

Lorsque le moment de la délivrance fut proche, la nymphe abandonna sans pitié le solitaire à ses remords et elle s'en fut sur les bords de la Mâlini, rivière qui, s'il faut en croire la légende, arrose une vallée de l'Himalaya. Là elle donna le jour à une belle petite fille. Désormais, Mênaka n'avait plus aucune raison de s'attarder sur la terre. Une loi impitoyable oblige les Apsaras à remonter au ciel aussitôt qu'elles ont mis au monde le fruit de leurs amours avec les mortels. La nymphe va s'éloigner, mais les petits doigts de l'enfant s'accrochent à ses vêtements comme pour la retenir ; la mignonne sourit et semble demander protection à sa mère. Une larme tombe des

... A la poursuite du léger tissu qui lui échappe...

yeux de l'Apsara sur le front de l'enfant ; partir, laisser sa fille seule dans ce désert, exposée à la dent es bêtes féroces, quelle angoisse cruelle ! Elle lève vers le ciel un regard de détresse ; comme elle oublierait volontiers, en ce moment, son immortalité pour se souvenir seulement qu'elle est mère ! Mais les ieux inflexibles ne le lui permettent pas. Mênaka dégage doucement sa robe et s'enfuit éplorée, sans oser même retourner la tête. Les félicités célestes la consoleront-elles de ce qu'elle a perdu ? En tout cas, Indra, ému de pitié, prend sous sa garde le petit être qui s'ébat, inconscient, sur une couche de fleurs, au bord des eaux. Des Sakountas, vautours avides de chair, s'approchent. O miracle ! Loin de faire aucun mal à l'enfant, ils l'entourent et la défendent contre les lions de la forêt. Quelque temps après, un solitaire renommé par ses vertus, Kanwa, vient pour se baigner dans la rivière Mâlini ; il aperçoit la petite créature abandonnée sur le rivage. L'ermite charitable n'hésite pas ; il emporte l'enfant dans ses bras et la ramène chez lui. Il l'élève avec une sollicitude paternelle et lui donne le nom de Sakountala en souvenir des oiseaux qui l'ont jadis protégée. Elle grandit loin du monde, fraiche et pure comme la plante à l'ombre des forêts ; c'est l'héroïne du récit qu'on va lire, la poétique Sakountala célébrée par la légende du Mahâbhârata.

Sakountala

I

Il y avait autrefois dans l'Inde un descendant de Pourou (1) nommé Douchmanta, glorieux conquérant d'une partie du monde. Les pays qui ont la mer pour ceinture formaient la limite de son empire. Sous ce

(1) Chef d'une famille royale qui prétendait descendre du Dieu de la Lune.

règne béni, tout le monde était heureux; les hommes goûtaient le bonheur dans le devoir, sachant acquérir des richesses sans cesser pour cela d'être honnêtes; les Brahmes remplissaient leurs fonctions en conscience et le mensonge leur était inconnu. Ni voleur, ni maladie, ni famine, ne venaient attrister les humains. Indra versait l'eau des nuages sur la terre en temps opportun; les fruits étaient pleins de saveur et les campagnes riches en bestiaux. Voilà, certes, un pays des âges primitifs où il ferait bon vivre même à notre époque.

Le roi, qui avait vaincu tous ses ennemis, se livrait maintenant au plaisir de la chasse; ce n'était plus aux hommes, mais aux animaux qu'il faisait la guerre. Habile dans tous les exercices du corps, nul ne savait manier avec plus de dextérité l'arc, le javelot ou la massue.

Un jour, il partit en grande pompe d'Hastinâpoura, (1) sa capitale, pour aller chasser dans les forêts qui couvrent les plateaux de l'Himalaya. Suivi de tous ses courtisans, depuis le prêtre de famille jusqu'au bouffon, environné de sa garde de femmes Yavanies et de nombreux cavaliers, il s'avançait fièrement, au bruit des tambours et des trompettes, monté sur un éléphant richement caparaçonné. Debout, sur la plate-forme de leurs terrasses, les femmes le regardaient passer, croyant voir la vivante image du Dieu qui tient la foudre. « Que sont devenus, — s'écriaient-

(1) « La Ville des Éléphants », l'ancien Dehli.

elles, — les ennemis qui ont éprouvé la force de ce bras invincible ? » Et toutes à l'envi jetaient des fleurs sur la tête du héros. Prêtres, guerriers, marchands et serviteurs, toutes les classes, suivaient le cortège, acclamant et comblant de bénédictions le royal chasseur.

La foule se dispersa enfin, laissant le roi et son escorte entrer dans une forêt si épaisse que les rayons du soleil n'y pouvaient pénétrer. La verdure même y avait des teintes sombres, le sol était jonché de rocs éboulés, chaos informe, séjour désolé que l'homme avait fui et dont les animaux féroces s'étaient emparés. Ours, léopards, lions et chacals y faisaient retentir l'air de sourds mugissements. Douchmanta, donnant à sa troupe l'exemple de l'intrépidité, s'élance au-devant des fauves qu'il est venu troubler dans leurs repaires. Tandis que ses flèches renversent les timides qui se tiennent éloignés, sa lance perce les audacieux qui osent s'approcher. Ni quadrupèdes, ni oiseaux n'échappent à ses coups. Des troupeaux de bêtes gisent sanglantes sur la mousse humide; d'autres fuient éperdues, blessées mortellement et tombent bientôt épuisées de souffrance ou de lassitude. Les éléphants sauvages courent à travers la forêt en poussant des cris furieux. Aigles et vautours, surpris dans leur vol, s'abattent lourdement en tournoyant sur eux-mêmes. Jaloux d'imiter leur maître, les courtisans font pleuvoir de tous côtés une grêle de flèches; on dirait une averse dans la saison des pluies; c'est un carnage à émouvoir les plus endurcis.

Cependant la faim et la soif commençaient à se faire sentir parmi les chasseurs; le bouffon ne cachait pas son mécontentement.

« Beau métier, — murmurait cet épicurien, — que de suivre un roi passionné pour la chasse; le jour ou la nuit monter à cheval, courir les bois à la poursuite de la gazelle ou du sanglier, n'avoir pour étancher sa soif que l'eau du torrent, troublée par les feuilles de la forêt, manger à des heures irrégulières de la chair insuffisamment cuite, quelle existence! J'en tomberai malade si mon royal ami ne prend pitié de moi. »

Personne ne se formalise; l'impunité était le privilège des fous chargés d'amuser le souverain et ils n'avaient le cerveau fêlé que juste assez pour s'acquitter de leur emploi. On s'empresse de satisfaire aux récriminations de Mâdhava; les feux sont allumés en frottant l'un contre l'autre deux bâtons de figuier, et les viandes rôtissent sur un brasier ardent. La troupe se range à l'entour, avide d'apaiser les exigences de l'estomac et de goûter ensuite quelques heures d'un repos péniblement gagné. Mais le roi, qu'entraine l'ardeur de la chasse, laisse dans la forêt hommes et montures; il se lance seul à la poursuite d'une gazelle noire et il court sans s'apercevoir de la distance parcourue.

Le décor a changé comme par magie; à la forêt épineuse succèdent des bocages touffus où la brise caressante se joue en passant; des gazons d'émeraude, on voit jaillir en tous sens des sources vives; les arbres, parés de fleurs aux nuances diverses, plient sous le poids des fruits; des berceaux de lianes s'enlacent à perte de vue; les singes, enivrés de joie, et les jeunes ours folâtres grimpent sur les branches; les abeilles bourdonnent; des milliers d'oiseaux chantent sous la feuillée tandis que, sur le bord des étangs limpides, les paons au col chatoyant se promènent la tête fièrement redressée. La rivière Mâlini entoure d'une ceinture d'argent liquide ces jardins aussi beaux que ceux d'Indra. C'est un enchantement, une fête pour les yeux, que ce bois habité par des ermites. Là s'élève sans cesse la fumée des sacrifices et des chœurs harmonieux chantent les hymnes sacrés. Des Richis aux sens domptés, instruits dans la science du Veda, expliquent la doctrine ; de tous côtés retentit l'argumentation des dialecticiens. Le roi, que ces questions touchent peu, tend son arc pour atteindre la gazelle épuisée de lassitude ; deux ermites accourent et supplient le chasseur d'épargner ce bel animal qui vit dans le bois consacré sous la protection des solitaires. Ils apprennent à Douchmanta que Kanwa, fils de Kâçyapa, est le chef de la pieuse communauté ; le roi déclare qu'il veut profiter de l'occasion pour rendre hommage à l'anachorète immaculé qui, depuis des années, thésaurise la pénitence.

Déjà l'ardent soleil commence à baisser ; c'est l'heure où les créatures alanguies goûtent la joie de vivre. Au milieu des cabanes de chaume, semées çà et là sous les arbres, voici l'ermitage de Kanwa; Douchmanta s'apprête à y pénétrer lorsqu'il entend, à quelques pas, des voix fraîches s'échapper d'un bosquet de jasmins fleuris. Poussé par la curiosité, le héros écarte doucement le rideau de verdure et il aperçoit trois jeunes filles qui, un arrosoir à la main, sont occupées à remplir les bassins creusés au pied des arbres. Elles portent le grossier vêtement d'écorce des femmes anachorètes; mais, à quatorze ans, le printemps de la vie chez les Indiennes, a-t-on besoin de parure? Les trois amies ne se doutent pas qu'un visiteur illustre les épie et elles babillent avec un gracieux abandon. L'une d'elles se plaint naïvement d'être gênée sous sa tunique : « En vérité, Sakountala, —

....

répond une de ses compagnes, — n'accuse que la jeunesse qui développe la rondeur de ton sein. » Et, d'un geste prompt, elle relâche les nœuds trop serrés. Le roi, on le pense bien, ne perd rien de ces agréables badinages et il n'a de regards que pour celle qui vient d'être appelée Sakountala. Elle est belle comme la beauté même ; elle éclipse ses compagnes, cette vierge au sourire candide et aux longs yeux noirs. Qui la prendrait pour une fille d'ascète ? Sous ses vêtements austères, elle apparait comme une immortelle ; on dirait la déesse Çri (1) descendue sur la terre pour charmer les hommes.

Douchmanta n'est pas loin de la

(1) Connue aussi sous le nom de Lakchmi, déesse de la Fortune.

vérité. Tout à coup Sakountala s'agite et court en poussant des cris d'effroi ; une abeille insolente veut obsolument s'en prendre au beau visage de la jeune fille. Les deux amies conseillent en riant à leur compagne d'appeler à son secours Douchmanta sous la garde duquel sont placés les bosquets de l'ermitage.

La belle occasion pour se montrer ! Le roi n'y résiste pas. Quittant sa cachette, il s'avance vers le groupe charmant et se donne pour un envoyé du grand monarque. De passage en ces lieux, il a voulu saluer le pieux Kanwa.

Les jeunes filles accueillent selon les bienséances un hôte aussi distingué ; elles lui offrent de l'eau pour se laver les pieds et un argha composé de riz, de fruits et de laitage. L'er-

...Et d'un geste prompt, elle relâche les liens trop serrés...

mite est allé dans la forêt faire un sacrifice aux dieux; il sera bientôt de retour : Que le noble étranger veuille bien prendre patience et se reposer sur ce banc de mousse à l'ombre des arbres.

Le roi ne demande pas mieux; pour l'instant, les ermites ne l'occupent guère. Sakountala, toute rougissante, affecte de se tenir à l'écart, comme si elle devinait les pensées qu'elle a fait naitre, tandis que le roi cause avec ses amies et les interroge :

« Pourquoi cette adorable créature vit-elle ainsi loin du monde, perdue dans la forêt? Comment peut-elle être issue d'un ascète qui a renoncé à toute passion terrestre? »

Ces demoiselles ne se font pas prier pour répondre; elles s'empressent de conter au roi : « que leur amie, adoptée par l'ermite, est le fruit des amours d'un solitaire et d'une nymphe. Jadis, les Dieux s'inquiétèrent des austérités du sage Visvamitra et, alors que commençait le printemps, ils lui envoyèrent la belle Mênaka.... »

Sur ces mots, elles s'arrêtent un peu embarrassées. Douchmanta épargne délicatement la fin de l'histoire aux jeunes étourdies. « Le reste se devine, — dit-il en souriant, — la conduite des nymphes est toujours la même. »

Au fond il est ravi de ce qu'il vient d'apprendre et il oublierait volontiers les heures en cette charmante compagnie si une grande rumeur ne retentissait au loin ; les gens de la suite royale, inquiets de l'absence de leur maître, se sont mis à sa recherche et ils viennent d'envahir le bois consacré.

Douchmanta désire garder l'incognito ; il se hâte de prendre congé des trois amies. Seule, Sakountala se tait quand ses compagnes prient le roi de revenir bientôt à l'ermitage. Mais ce n'est pas en vain que cette ingénue est la fille d'une nymphe coquette ; l'hypocrite, dont les fins sourcils dessinaient un arc boudeur et qui semblait si pressée de fuir le bosquet, s'attarde maintenant derrière ses amies ; elle feint d'accrocher son vêtement à une branche d'açoka et elle se retourne pour lancer au roi un tendre regard. Enivré, le héros s'éloigne. Une enfant timide a conquis le cœur de celui qui a subjugué une partie de la terre.

Douchmanta n'éprouve aucun désir

de regagner si vite Hastinâpoura. Il fait camper sa troupe sur la lisiére de l'ermitage, mais lions et gazelles peuvent s'ébattre en paix ; l'arc du chasseur restera au repos. Le descendant de Pourou se livre à toutes les aimables extravagances qui sont le propre des amoureux. Tantôt, se promenant solitaire au bord des eaux, il cherche à apercevoir le chaume qui abrite sa bien-aimée ; tantôt, cédant au besoin d'épancher son cœur, il daigne choisir pour confident le bouffon Mâdhava :

« Tu ne connais pas, — lui dit-il, — ce qu'il y a de plus beau au monde, puisque tu ne l'as pas vue. » Et il dépeint avec feu les perfections qui ont frappé ses regards :

« Fleur dont le parfum n'a pas été respiré, tendre bouton qui n'a pas été détaché avec les ongles, perle intacte, miel nouveau dont la saveur n'a pas été goûtée, quel sera l'heureux possesseur que te donnera le destin? »

Les courtisans ont toujours été de mauvais conseillers pour les souverains. Mâdhava, qui se déplait beaucoup loin des villes, félicite le roi d'avoir changé en un jardin de plaisance le bois consacré aux mortifications; il l'exhorte à brusquer l'aventure et à conquérir la belle fille avant qu'elle ne devienne la propriété de quelque ascète à la tête graissée d'huile d'ingoudi. (1)

Douchmanta avait la timidité et les délicatesses d'un amant sincère; il n'osait se croire payé de retour. Le dernier regard de Sakountala sem-

(1) Sans doute pour se garantir de la piqûre des insectes.

blait plein d'encouragements ; n'importe, il hésitait ; devait-il retourner à l'ermitage ?

Sur ces entrefaites, deux messages arrivèrent au camp : un général, envoyé par la reine-mère, venait rappeler à Douchmanta qu'une cérémonie religieuse allait avoir lieu dans la capitale et que la présence du roi était indispensable. En même temps, deux Richis présentaient au monarque une humble supplique : le vénérable Kanwa était parti en pélerinage ; des esprits malfaisants profitaient de son absence pour troubler les cérémonies religieuses et effrayer, la nuit, les habitants de l'ermitage. On conjurait le descendant de la lune de protéger la pieuse retraite et d'y venir passer quelques nuits.

Entre le désir de sa mère et l'invitation des ermites, le choix de Douchmanta n'était pas douteux. Il enverra le bouffon Mâdhava en ambassade auprès de la reine excuser l'absence du souverain et il se rendra à l'ermitage, heureux d'avoir un prétexte pour revoir celle dont l'image remplit son cœur.

La présence de l'auguste monarque avait fait merveille; les vampires n'osaient plus se montrer, mais d'autres maux étaient venus attrister l'ermitage. Sakountala, l'orgueil et la joie de tous, fut saisie d'un mal étrange. Les joues pâles et le corps amaigri, elle languissait, semblable à une liane dont le vent brûlant a desséché les feuilles. Rien ne pouvait soulager sa souffrance ; ni la racine de l'herbe ourina, ni l'argile des étangs consacrés, ni l'eau lustrale des sacrifices ne parvenaient à rafraîchir ce corps charmant brûlé par la fièvre.

On touchait au mois de Vêsakha, (1) la plus chaude saison dans l'Inde. Vers la fin d'une journée accablante, la jeune malade était allée chercher un peu de fraîcheur sur les bords de la Mâlini, près de l'endroit où Kanwa l'avait recueillie jadis. Un vent léger ridait la surface des eaux et les nymphéas entrouvraient leurs calices fermés sous les ardeurs du soleil. Sakountala reposait, nonchalamment

(1) Le mois de mai.

couchée sur un lit de roseaux, tandis que ses deux compagnes l'éventaient avec des feuilles de lotus.

« Chères petites, — disait la jeune fille avec un navrant sourire, — à quoi sert de m'éventer? Vous ne guérirez pas mon mal. »

Comme tout a changé en si peu de temps! Plus de jeux malicieux, d'enfantins badinages. Les fidèles amies essayaient vainement d'interroger Sakountala; était-ce, chacun le prétendait, un coup de soleil qui l'avait mise en cet état? Non, la chaleur seule ne saurait provoquer ces troubles et cette langueur. Était-ce donc une peine que ses compagnes d'enfance ne pussent adoucir? Pourquoi garder obstinément un secret vis-à-vis de celles qui l'aimaient si tendrement?

Sakountala cède enfin à de si pressantes sollicitations ; elle avoue son amour pour le roi ; le torrent d'une passion contenue déborde chez la timide et fière créature.

Ces aveux étaient superflus ; depuis l'apparition du roi, gardien des bosquets de l'ermitage, le trouble de l'innocente n'avait point échappé à ses amies. Inquiètes, elles se regardent et se consultent. Avec quelle rapidité l'amour est venu envahir le cœur de cette adolescente qui ne connaissait d'autre plaisir que celui de soigner ses fleurs ou de caresser les daims de la forêt. Si le héros ne répond pas à sa tendresse, elle se flétrira, la fleur éblouissante, elle mourra, la douce vierge au cœur passionné.

Tout à coup, Sakountala se dresse

... Sakountala reposait, nonchalamment couchée sur un lit de roseaux...

avec effort sur sa couche de roseaux :

« Ah ! chères amies, — s'écrie-t-elle comme pour répondre à la pensée de ses compagnes, — s'il ne m'aime pas, jetez sur moi sans retard l'eau funéraire et les graines de sésame. »

Par bonheur le roi est là et, comme au premier jour, abrité derrière les arbres, il a surpris la conversation des trois amies. Le sacrifice terminé, il s'était dirigé vers ces lieux avec l'espoir d'y rencontrer Sakountala. Où trouver pour lui un plaisir ailleurs que dans la vue de sa bien-aimée ? « Elle a passé par ici, ma douce amie, — pensait-il en suivant l'allée de tamariniers roses qui conduisait à la rivière ; — la trace de ses pas, appesantie par le poids des hanches, s'est enfoncée dans le sable. O Kâma ! toi dont les armes sont des fleurs, pourquoi te montrer si cruel à mon égard ? Pourquoi me faire souffrir moi qui, par tant de sacrifices, ai cherché à augmenter ta gloire ? »

Mais, après ce que Douchmanta vient d'entendre, toute timidité serait hors de saison ; il apparaît brusquement ; à sa vue, Sakountala a jeté un cri de chaste alarme et les compagnes discrètes se sont enfuies.

« Fille charmante, — dit le roi, — je t'ai entendue ; pourquoi douter ainsi de ma tendresse ? Ne le savais-tu pas déjà ? Ton premier regard a ravi mon cœur et tes longs yeux se sont pour toujours emparés de ma vie. »

Et comme la jeune fille se défend contre les caresses de celui pour lequel, tout à l'heure, elle voulait mourir :

....

« Pourquoi me repousser ma bien-aimée ? — ajoute-t-il ; — tu appartiens comme moi à la race héroïque des Kchatryas ; rien ne s'oppose donc à notre union.

— Que votre Majesté, — balbutie Sakountala, — daigne attendre le retour de mon père adoptif ; c'est à lui de disposer de ma main.

— Non, fille adorable ; chasse de vains scrupules ; en te donnant à moi, tu ne violeras aucune loi religieuse. Je te parle, comme tu le mérites, en toute sincérité, tu peux m'en croire. Sois mon épouse et mes trésors seront à toi ; les étoffes précieuses remplaceront le grossier vêtement qui blesse tes charmes délicats ; des pendeloques de diamants accompagneront chaque mouvement de cette tête divine ; colliers et bracelets étincelants caresseront ce cou et ces bras modelés par l'Amour lui-même. Qu'un mariage auquel suffit le consentemeut mutuel des deux époux, selon le rite Gandharva (1) nous unisse à l'instant même ! »

Il prie à genoux ; il est bien près de commander en maitre mais, sans doute, les Dieux inspirent la vierge timide et, arrêtant l'élan passionné du héros :

« J'ai confiance, — dit-elle, — en ta parole ; s'il est vrai qu'en cédant à tes vœux, je n'offense aucun devoir, écoute, ô roi ! la condition que j'ose t'imposer : si un fils naît de notre union, jure-moi de lui donner le titre de prince héréditaire et de le faire reconnaitre comme ton légitime successeur ? »

(1) Mode de mariage sanctionné par le Code sacré de Manou, Livre III.

En pareil cas, quel serment coûterait à un homme aussi ardemment épris que Douchmanta? Il multiplie les promesses :

« Ne crains rien, femme adorée : je t'emmènerai dans ma capitale ; tu posséderas seule les affections de ton époux et, après moi, ton fils régnera sur mes peuples. »

Les Dieux en sont témoins ; Sakountala n'ambitionne pour elle ni les richesses ni la royauté ; c'est le héros seul qu'elle veut et qu'elle aime. Maintenant, elle n'a plus aucune résistance à lui opposer et, sous l'ardente étreinte du conquérant, expire la dernière révolte de sa pudeur.

La nuit est venue ; seuls flambeaux de ces noces mystérieuses, les lucioles émaillent le gazon de lueurs verdâtres ; orchestre invisible, la brise agite en passant les roseaux de la Mâlini et, sous les tamariniers en fleurs, le rossignol soupire un chant d'amour.

L'union de la fille de Kanwa et du descendant de Pourou est un fait accompli ; désormais, Sakountala ne méritera plus le doux nom de vierge.

Hélas ! pourquoi les rois n'ont-ils pas le droit de se faire ermites ? Elle passa comme un éclair cette lune de miel enivrante et l'amour, mieux que tous les médecins d'Hastinâpoura, guérit la jeune malade. Mais la présence du roi n'était plus nécessaire à l'ermitage et le devoir l'appelait ailleurs. Il lui fallait rejoindre son escorte, toujours campée sur la lisière du bois, et retourner dans la capitale où le peuple l'attendait avec impatience.

Que de larmes versées ! que de

promesses échangées le jour des adieux! Comme la liane qui s'enroule autour de l'arbre vigoureux, Sakountala ne pouvait s'arracher des bras de son époux.

« Sèche tes pleurs, ma bien-aimée, — disait il; — notre séparation ne sera pas longue; avant peu un cortège digne d'une reine viendra te chercher et te ramènera en grande pompe dans mon palais. Jusques-là, garde bien mon cœur — il reste près de toi — et prends cette bague en souvenir des félicités qui vont bientôt renaitre. »

Sur ces mots, passant un anneau d'argent où était gravé son nom au doigt de Sakountala, il dénoua le collier que deux bras tremblants formaient autour de son cou et il partit le cœur déchiré. Kanwa revenait le jour même à l'ermitage ; le roi n'était pas sans inquiétude. Que dirait ce rude ascète, voué à la pénitence, en apprenant que sa fille s'était ainsi donnée ? Peut-être allait-il la maudire et s'opposer à sa réunion avec un époux choisi sans le consentement paternel ? Ces pensées troublaient encore le roi lorsqu'il rentra dans la ville en fête pour le recevoir.

Quant à Sakountala, elle n'osait s'avancer avec les habitants de l'ermitage à la rencontre du saint. Confuse, craintive, elle se tenait à l'écart, les yeux modestement baissés. Mais les Richis, doués de la science divine, savent pénétrer ce qu'on voudrait leur cacher. Pour eux le passé comme l'avenir n'a point de secrets. Aussitôt revenu chez lui, Kanwa appelle la pauvre colombe effrayée et, d'une voix remplie d'indulgence :

« Rassure-toi, — dit-il, — heureuse femme : les nœuds que tu as formés, sans m'avoir consulté, ne sont pas une infraction au devoir. L'accord de deux êtres dont les cœurs battent à l'unisson n'a pas besoin, en pareille circonstance, des prières d'un brahmane pour être valable. Douchmanta est une âme juste et magnanime : l'amour t'a fait son épouse ; réjouis-toi, Sakountala, tu mettras au monde un fils dont la renommée égalera celle de Douchmanta, ses conquêtes reculeront encore les bornes de son vaste empire ; partout les ennemis fuiront ses étendards victorieux et il sera le père d'une race de héros. »

Plus d'alarmes ; un avenir plein d'espoir s'ouvre devant Sakountala.

Elle se jette aux pieds de l'ermite; fille soumise et reconnaissante, elle implore la bénédiction du sage pour elle et pour son époux. Kanwa étend les mains sur cette jeune tête inclinée :

« Chère enfant, que puis-je te refuser, à toi le charme de ma vieillesse? Je demande aux Dieux que la race de Pourou se distingue par les plus hautes vertus et que sa domination soit sans bornes. »

Et dans l'ermitage, animé un instant par le séjour d'un roi, la vie reprit son cours paisible. Dévorée d'impatience, la fille de Kanwa attendait la réalisation des promesses du monarque. Les jours, les semaines, les mois s'écoulèrent; aucun cortège ne franchit l'enceinte de la pieuse retraite; pas même une lettre ou un message venu d'Hastinápoura! Que se passait-il? Pourquoi Douchmanta, qui s'était séparé avec tant de regrets de la bien-aimée, oubliait-il ainsi tous ses serments? La tendre Sakountala se désespérait et, chaque jour, elle allait pleurer sous le bosquet de lianes, témoin d'un bonheur évanoui. Peut-être eût-elle succombé à l'excès de son chagrin si les Dieux ne lui avaient accordé une consolation efficace; elle mit au monde un fils dont la ressemblance avec son illustre père s'annonça dès le berceau. Il avait la force et la beauté en partage; sur la paume de ses petites mains, une roue, emblème de la domination universelle, était nettement dessinée. L'ermite s'empressa de célébrer par des sacrifices religieux la venue de ce noble rejeton. L'enfant grandit à l'air vivifiant de la forêt et, semblable à un fils des Dieux, il se développa avec une rapidité surnaturelle. Il poursuivait les jeunes éléphants, il domptait les lionceaux et s'en servait en guise de montures au grand étonnement de tous. C'était l'enfant chéri des ermites qui l'aimaient autant que, jadis, ils avaient aimé sa mère.

Celui auquel l'avenir réservait de si hautes destinées ne pouvait continuer à vivre dans un ermitage. Kanwa fut-il guidé en cette occasion par une vue surnaturelle ou simplement par le tendre intérêt qu'il portait à sa fille adoptive ? Il jugea qu'un plus long séjour dans le bois consacré ne convenait pas à la mère ni au fils. Le moment était venu pour la jeune femme de rejoindre son époux et de faire reconnaître les droits de

....

l'enfant qui atteignait alors sa sixième année.

Le saint assembla solennellement tous les ermites et leur annonça la résolution qu'il venait de prendre. On apporta sur l'autel le riz consacré et les offrandes propitiatoires. Sakountala, habillée d'une blanche tunique de lin, fit trois fois le tour du feu sacré en présentant le côté droit, suivant les rites; on lui mit au cou, aux bras et aux jambes des bijoux superbes et, chose digne de remarque, au milieu du chagrin de la séparation, les femmes eurent un sourire pour les parures. C'était pour la jeune épouse le moment d'adresser ses adieux à tout ce qui l'entourait; depuis les compagnes de sa jeunesse jusqu'à la liane qu'elle avait plantée et au faon que sa main avait nourri, elle n'oublie rien, pas même une gazelle favorite qu'elle recommande à ses amies. Les pleurs étranglent sa voix, elle ne peut continuer. Sans doute, elle s'est sentie joyeuse à l'espoir de retrouver l'ingrat qu'elle aime toujours ; sa vie, obscurcie, s'est éclairée soudain et ses yeux languissants, dont la douleur abaissait les longs cils, se sont ouverts brillants comme un bouquet de lotus à la fin de la nuit. Mais, au moment de quitter les lieux où elle a vécu, tour à tour si heureuse et si malheureuse, elle hésite et le courage lui manque. Que trouvera-t-elle en allant ainsi se jeter au-devant de la destinée aveugle ? L'époux qui l'a si cruellement délaissée, voudra-t-il l'accueillir ?

« Ah ! mon père, — s'écrie-t-elle, — quand reverrai-je l'ermitage ?

Ainsi que la tige de sandal arrachée au flanc de la montagne, comment supporterai-je la vie dans un autre pays ? »

Heureusement le saint est là, pour soutenir Sakountala. Il la bénit avec l'autorité d'un père et d'un précepteur spirituel.

« Ma fille, — dit-il, — c'est à toi maintenant qu'il faut donner des conseils ; quoique habitants de la forêt, nous connaissons les affaires du monde. Écoute tes supérieurs avec respect, conduis-toi comme une amie envers les femmes, tes compagnes ; même durement traitée par ton époux, montre-toi toujours soumise ; sois bienveillante pour les serviteurs et sans orgueil dans la prospérité. C'est ainsi que les jeunes femmes arrivent à la dignité de maîtresse de maison ; celles qui agissent autrement font le malheur de leur famille. »

Puis, comme si son regard pénétrait l'avenir, le vénérable Kanwa ajoute :

« Aujourd'hui dédaignée, tu seras plus tard une reine puissante, mère d'un guerrier sans égal. Alors tu viendras revoir l'asile de ta jeunesse et poser encore tes pieds sur le sol de l'humble ermitage. »

Les anachorètes ont voulu conduire leur amie jusques sur la lisière du bois. Là, s'échangent de nouveau les adieux et les souhaits : « que le voyage soit égayé le long de la route par des étangs limpides et de frais ombrages, que le vent s'apaise, que la poussière soit douce comme le pollen des fleurs et que la prospérité accompagne toujours Sakountala. »

Il faut partir ; la voyageuse embrasse son père une dernière fois et la caravane se met en marche. Déjà, la blanche tunique de Sakountala a disparu sous les arbres ; seul, le sage, que ses vertus élèvent au-dessus des émotions terrestres, éprouve la satisfaction du devoir accompli tandis que tous demeurent plongés dans la tristesse.

« Hélas ! — murmure une des jeunes anachorètes, — qui nous rendra notre Sakountala ? elle s'est enfuie loin de nous et le bois sacré n'est plus qu'un désert ! »

III

Les souhaits des habitants de l'ermitage ont porté bonheur à la caravane ; elle est arrivée sans mauvaise rencontre et sans accident fâcheux jusqu'à la cité d'Hastinâpoura, antique résidence des princes de la race lunaire. Les ermites, pauvres gens qui vivent sous le chaume, ne sont guère accoutumés aux splendeurs des villes; éblouis, extasiés, ils contemplent ces temples aux dômes aériens, ces palais superbes aux coupoles de marbre; ces frontons, ces portiques, ces colonnades qui se prolongent au loin sous la garde de statues gigantesques. De toutes ces merveilles Sakountala ne voit rien; elle rappelle à ses compagnons le devoir qu'ils ont à remplir et, tenant son fils par la main, elle s'achemine vers la demeure royale. Elle n'a qu'une idée : parvenir jusqu'au souverain. Ce n'est pas chose facile; des amazones veillent aux cent portes du palais et des chambellans défendent l'entrée des appartements royaux. Que peuvent vouloir au grand monarque ces ascètes aux vêtements grossiers, cette femme parce de bijoux précieux? Le nom vénéré de Kanwa aplanit cependant les obstacles et un courtisan se décide à aller prévenir le roi.

En cet instant, Douchmanta est au fond des appartements intérieurs, entouré de ses femmes qui, pour lui plaire, rivalisent de coquetterie. La reine Hansapadikâ, une musicienne habile, essaie de réveiller par une mélodie passionnée le caprice du maitre. Cette tentative est inutile; le prince reste distrait et rêveur, songeant à des félicités qu'il croit avoir entrevues dans une existence antérieure.

C'est dans ces dispositions mélancoliques que le chambellan trouve son souverain; il lui annonce l'ambassade de Kanwa. Douchmanta s'éveille aussitôt de sa torpeur et, pour recevoir les ermites, il déploiera toutes les pompes de l'Orient. Dans la grande salle, tapissée de pourpre et d'or, les parfums brûlent dans des cassolettes d'argent et les guirlandes de fleurs retombent en gerbes éclatantes. Sur un trône brodé de pierreries, le roi est assis tandis que de belles esclaves balancent au dessus de sa tête l'éventail de tchamara (1) ou la feuille de palmier. Courbées sous le poids des bijoux, les femmes du harem sont placées à la gauche de leur maître, tandis que, à droite, sont groupés, selon leur rang, les poètes, les astrologues, les médecins, les panégyristes, les bouffons et tous les officiers d'une cour asiatique.

Les envoyés sont introduits ; si le roi a voulu les éblouir, il y a réussi ;

(1) Éventail fait avec la queue du Yak.

tous se prosternent, aveuglés par cet éclat majestueux, en disant :

« Gloire au seigneur des rois ! Voici la fidèle Sakountala, venue tout exprès de la forêt, avec son fils pour le présenter à son époux. »

Puis, selon les instructions du sage, ils laissent Sakountala seule en face de la cour et du roi. Des ascètes n'ont rien à faire dans le séjour du monde et des vanités ; ils s'en retourneront sur-le-champ à l'ermitage. Quant à leur compagne, la contenance modeste mais ferme, elle s'approche du trône :

« T'en souvient-il, ô grand roi ? Un jour, entraîné par le plaisir de la chasse, tu poursuivais les gazelles, lorsque tu me rencontras, pour la première fois, dans l'ermitage de mon père Kanwa. Avant de me lier à toi par des engagements indissolubles, je t'imposai la condition de reconnaitre pour héritier légitime le fils qui naitrait de notre union. Ce fils est devant toi, les temps sont accomplis : l'heure est venue, seigneur, de sacrer prince royal le fruit de nos heureuses et trop rapides amours. »

A ces mots, le roi semble stupéfait et, se tournant vers ses courtisans :

« D'où sort cette intrigante qui prétend avoir été autrefois épousée par moi ? Que signifie ces paroles mensongères ? Femme, tu m'es complètement inconnue et je n'ai souvenance d'aucun lien d'intérêt, de devoir ou d'amour avec toi. »

Devant une négation aussi absolue, Sakountala reste anéantie. La douleur semble un instant lui ravir le sentiment ; ses lèvres tremblantes ne

....

peuvent proférer un son, mais ses yeux parlent et étincellent comme s'ils voulaient réduire en cendres le parjure. La jeune anachorète triomphe pourtant de cette première émotion ; l'ascétisme lui a appris à se dominer et c'est d'une voix presque calme qu'elle reprend :

« Pourquoi m'humilier ainsi devant toute ta cour ? Peux-tu donc avoir oublié tout ce qui s'est passé entre nous ? J'étais seule et tu crois que personne ne t'a vu ; mais le soleil, la lune, le vent, le feu et les eaux, le ciel et la terre, le jour et la nuit, sont là pour témoigner contre toi. Je t'en supplie, reconnais que j'ai dit la vérité et je te pardonnerai de m'avoir si longtemps délaissée comme les dieux pardonnent à qui regrette sa faute. »

Cette fois, les courtisans ne peuvent réprimer un murmure d'indignation :

« Quelle assurance ! Venir débiter en public une pareille histoire ! Parler ainsi au plus grand des rois ! L'effronterie de cette créature dépasse toutes les bornes. »

Et les reines, jalouses de la beauté d'une rivale, ajoutent tout haut :

« De l'innocence et de la vertu elle n'a que le vêtement. Qu'on la ramène bien vite à ses bois, la pénitente hypocrite, la vagabonde éhontée. De quel droit a-t-elle osé s'introduire dans ce palais ? »

Jetant sur ces envieuses un regard de mépris, Sakountala réplique fièrement :

« O femmes ! vous le demandez ! Je suis venue ici du droit que l'é-

....

pouse a sur son époux. L'ignorez-vous donc, vaines et futiles créatures? L'épouse est la moitié de l'époux. Marche-t-il dans la vie à travers des sentiers pénibles, descend-il même dans l'empire des morts, l'épouse fidèle suit à jamais les pas de l'époux; elle est à la fois sa volupté et son devoir, sa consolation et sa force. Champ éternel de la naissance pour tous les hommes, sans elle, les saints eux-mêmes ne sauraient engendrer un fils. Pourquoi, seigneur, mépriser l'enfant venu vers toi avec le désir de t'embrasser? Rien de plus délicieux pour un père que le baiser d'un fils. Les fourmis nourrissent leurs œufs et ne les brisent pas. Pourrais-tu méconnaître celui qui est né de tes membres, nouvel homme sorti de l'ancien? Tu étais simple et maintenant te voici double. Admire dans ton fils un second toi-même, comme si ton image t'apparaissait reflétée dans une eau limpide. Rejette-moi loin de toi, soit, je me soumettrai sans murmure et je retournerai à l'ermitage mais, du moins, n'abandonne pas cet enfant, car, je te le jure par tous les Dieux du ciel d'Indra, c'est bien le fils que j'ai conçu de toi. »

Loin de se laisser attendrir, Douchmanta répond :

« Femme aux paroles menteuses, tu abuses de mon indulgence ; faut-il te répéter que je ne connais ni toi ni ce grand garçon que tu prétends avoir été engendré par moi ?

— O Dieux immortels ! — s'écrie Sakountala, — jadis, abandonnée par ma mère Mênaka, la plus belle es

....

nymphes, et par mon père Visvamitra, le plus illustre des ascètes, aujourd'hui, repoussée par mon époux à la face de tous, quel péché ai-je donc pu commettre dans une existence précédente ?

— En vérité, je te conseille d'invoquer le souvenir de tes parents ; ton père qui oublia la vertu pour se laisser séduire par la volupté, et ta mère qui t'a jetée, loin d'elle, comme un bouquet fané, rebut des offrandes. Si tu es vraiment la fille d'une courtisane, ton langage et ta conduite ne m'étonnent plus. Hors d'ici, coureuse effrontée, va où bon te semblera, mais débarrasse-nous, sur-le-champ, de ta vile présence. »

Est-ce bien la tendre et modeste Sakountala qu'on traite ainsi ? L'infortunée se sent défaillir de honte et de douleur. Quand un pareil amour en est arrivé là, à quoi bon le rappeler ? Mais, le front caché dans le sein de sa mère, l'enfant pleure et, pour lui, elle se justifiera. Assez de mépris et d'injures ; ne possède-t-elle pas une preuve évidente pour confondre l'ingrat qui la renie ? L'anneau que Douchmanta lui-même a passé à son doigt le jour du départ, va infailliblement la faire reconnaître. Elle regarde, prête à user de cette suprême ressource ; comment cela se peut-il ? la bague a disparu ! désormais, aucun moyen de se défendre !

Si l'amant est resté impassible, le souverain irrité est à bout de patience ; cette étrange discussion a trop duré ; il fait signe à ses gardes, on entraîne Sakountala ; sur le seuil de la salle, elle se retourne et, avec une éloquence furieuse, elle apostrophe son séducteur :

— « Homme sans honneur ! tu seras puni toi qui, semblable à un puits caché sous l'herbe, te recouvres du manteau de la vertu ; les Dieux briseront la félicité du père qui a renié un fils semblable à lui-même et, que tu le veuilles ou non, cet enfant gouvernera un jour le vaste Empire qui a l'Himalaya pour limite. Adieu ! honte sur moi, malheureuse créature trompée par le descendant de Pourou, indigne de sa race, qui a du miel aux lèvres et du poison dans le cœur. »

Hâtons-nous de le dire : Douchmanta n'est pas si coupable qu'il le paraît. Six années auparavant, toute entière à l'ivresse de sa passion, Sakountala avait négligé de rendre les hommages dûs à un vieil ascète irascible appelé Dourvasas. Rien de plus susceptible, parfois, que ces ermites auxquels les austérités donnaient un pouvoir surnaturel. Pour se venger, Dourvasas déclara que Sakountala serait bannie des pensées du roi comme si elle ne les eût jamais occupées. De là ce long oubli, si invraisemblable après tant de promesses, et cette obstination à nier tous les souvenirs que l'épouse délaissée essayait en vain de rappeler. Douchmanta était de bonne foi et la défaillance de sa mémoire causait cette dureté révoltante. La vue de l'anneau, donné jadis par le roi à sa bien-aimée, pouvait seule faire cesser la malédiction prononcée par l'ermite. Par malheur, la bague avait glissé, le matin même, du doigt de Sakountala tandis qu'elle faisait ses ablutions dans l'étang sacré, aux portes de la ville d'Hastinâpoura.

Une heure ne s'était pas écoulée depuis la scène émouvante dont tous les courtisans s'entretenaient encore lorsque un pêcheur apporta au palais l'anneau trouvé dans le ventre d'un poisson. La mémoire revint subitement au roi à la vue de sa bague. Comment exprimer son chagrin et ses remords ? Quoi ! Sakountala, l'épouse aimée avec tant d'ivresse, celle qui lui avait donné un fils beau comme Kâma lui-même, pouvait-il l'avoir chassée avec cette dureté ? Il fallait courir bien vite à sa poursuite ; une fortune pour celui qui la ramènerait au palais.

Hélas ! les messagers envoyés dans toutes les parties de l'Empire reviennent bientôt la tête basse, attristés, découragés; toutes leurs recherches ont été vaines; nul ne sait ce que sont devenus la mère et l'enfant.

IV

Qui aurait pu songer à se réjouir quand le souverain demeurait inconsolable? La fête du printemps, qu'on allait célébrer avec pompe, fut contremandée. Jadis séjour du plaisir, la cour était devenue d'une tristesse désespérante. Les reines se plaignaient de l'époux qui les négligeait;

Douchmanta leur adressait-il par hasard quelques paroles aimables, le nom de Sakountala s'échappait de ses lèvres et la distraction d'un cœur troublé était flagrante. Les courtisans n'osaient plus s'entretenir qu'à voix basse; ils prétendaient que le chagrin royal mettait la nature en deuil : les fleurs ne s'épanouissaient plus, les oiseaux cessaient de chanter et l'amour, contristé, avait remis toutes ses flèches dans son carquois. C'était peut-être pousser l'adulation un peu loin. En tout cas, le monarque semblait ne plus s'intéresser à rien. Laissant le soin des affaires à ses ministres, il s'en allait errer à travers les jardins de plaisance, suivi du bouffon Mâdhava qui, après avoir été le confident des amours du maitre, était celui de ses regrets.

....

L'œil fixe et voilé par l'insomnie, absorbé dans une pensée unique, le roi marchait exposé aux ardeurs du soleil, tout en murmurant des paroles incohérentes :

— « Oh ! Mâdhava, comprends-tu mon aveuglement ? Naguère endormi, n'aurait-il pas dû être réveillé par la bien-aimée aux yeux de gazelle, ce cœur blessé qui veille maintenant en proie au repentir ? Je le vois sans cesse ce dernier regard — obscurci par les larmes, — que m'a lancé Sakountala ; il me poursuit et me brûle comme une flèche empoisonnée. »

Le bouffon pensait que son maitre était sur le chemin de la folie et il hasardait quelques timides représentations obstinément repoussées. Le roi continuait à s'accuser, à se maudire. Epuisé de fatigue, il consentait enfin à s'asseoir sur un banc de marbre, à l'ombre d'uu bosquet; on lui apportait ses tablettes à peindre et il essayait de retracer l'image gravée dans son cœur. C'était la seule occupation qui fut capable de le distraire. L'amour prêtait des charmes au pinceau de ce royal amateur. Les cimes neigeuses de l'Himalaya, les bords fleuris de la Mâlini, le bosquet de jasmin, les deux fidèles compagnes, jusqu'à l'abeille noire qui avait effrayé Sakountala, tout était reproduit avec une exactitude scrupuleuse; si bien que, dans son délire, le roi prenait l'illusion pour la réalité : « Mouche à miel,—s'écriait-il, —prends garde; si tu touches à la lèvre de mon amie, rouge comme le fruit du vimba, cette lèvre séduisante comme le bouton d'un jeune arbrisseau, dont j'ai goûté la douceur avec ivresse dans les fêtes de l'amour, je ferai de toi une prisonnière dans le calice d'un lotus. »

Les choses ne pouvaient durer ainsi. Peu de temps après, Douchmanta fut appelé à des sentiments plus en harmonie avec son caractère guerrier. Les dieux, à l'occasion, ne dédaignaient pas d'invoquer le secours des mortels; ils réclamèrent l'appui du roi contre une troupe de géants venus pour envahir le paradis d'Indra. L'écuyer Mâtali qui, nous l'avons déjà vu, faisait volontiers le voyage entre le ciel et la terre, vint chercher Douchmanta. A ce prince était réservé l'honneur de commander la bataille où seraient vaincus les audacieux Dânavas; il devait prendre ses armes et monter à l'instant même dans le char céleste conduit par Mâtali. On ne discute pas les ordres d'Indra et, sans hésiter, le héros obéit.

Inutile de dire que les Dânavas furent repoussés comme l'avaient été sur la terre les ennemis du roi. Indra combla d'éloges son défenseur et il le fit asseoir à côté de lui sur son trône au grand déplaisir des dieux. Il parait que la jalousie, cette passion terrestre. existait aussi dans le divin séjour. Mais le roi n'avait plus rien à faire au ciel et il demanda à ses illustres hôtes la permission de retourner dans sa capitale. Toujours guidé par Mâtali, il reprit le chemin de la terre.

Déjà le char, environné de molles vapeurs, glissait à travers la région des nuages ; les voyageurs pouvaient voir au loin Hastinâpoura, la ville superbe, apparaissant comme un point dans l'espace et la rivière Mâlini se déroulant comme un étroit ruban au milieu des vallées fertiles. Les exploits du conquérant faisaient une heureuse diversion aux regrets de l'amoureux et Douchmanta s'intéressait davantage à tout ce qui frappait ses regards. Le char aérien se trouvait alors au-dessus d'une haute montagne et Mâtali expliqua à son compagnon que c'était le champ de perfection où les ascètes, qui avaient passé comme des saints sur la terre, goûtaient, après la mort, le bonheur suprême. Là, rien pour affliger le corps ou l'âme. Ni vent glacial, ni soleil brûlant, une température égale, un air suave y régnait sans cesse. Les plantes les plus rares, les fleurs les plus éclatantes s'épanouissaient sans culture : le sol était jonché de rubis de perles et de diamants. Quiconque se fût soucié de ramasser une fortune pouvait le faire en quelques minutes, mais les ascètes n'avaient souci que des béatitudes célestes. Jamais l'avarice, la haine, l'envie, la colère, la gourmandise et tout le cortège des passions honteuses, n'étaient venus déshonorer ce divin séjour. Les habitants de la montagne sacrée s'aimaient comme des frères ; ils bénissaient les dieux tout le long des jours et ils restaient chastes, environnés des plus belles nymphes.

Pareille description donna au roi la fantaisie de s'arrêter là un instant, ne fût-ce que pour saluer les bienheureux ; l'écuyer n'avait garde de refuser à celui qui venait de sauver Indra et le char fit halte sur le sommet de la montagne, désert en ce moment. Seul, un jeune garçon est là s'ébattant avec un lionceau. Singulier passe-temps! il veut absolument plonger sa petite main dans la gueule de l'animal pour compter ses dents. L'espiègle, si imprudent et si courageux, est fait pour plaire à un héros; Douchmanta s'approche. O surprise! o joie! Il n'y a pas à s'y méprendre ; ce visage superbe, ces yeux bleus étincelants, ces doigts palmés jusqu'à la première phalange, signe distinctif de la race de Pourou, c'est bien son fils tant regretté qu'il a devant lui. Cette fois, plus de malédiction pour aveugler le roi; il embrasse sur la tête et serre contre sa poitrine l'enfant qui lui rend ses caresses. La bien-aimée avait raison : quoi de plus doux que le baiser d'un fils!

Inquiète de l'enfant, Sakountala accourt juste pour surprendre cette effusion paternelle. Elle s'arrête stupéfaite, ne pouvant croire le témoignage de ses yeux. La vengeance est douce au cœur d'une femme blessée et l'occasion serait belle pour prendre sa revanche. Quant au roi, à l'aspect de Sakountala, il recule saisi; son œil supplie, implore; il a peur, lui le guerrier invincible! Voudra-t-elle pardonner la femme si cruellement offensée? Ne va-t-elle pas repousser celui qui l'a reniée en face de toute la cour? Mais non; l'amour vrai est au-dessus des susceptibilités de l'orgueil; ses longs cheveux réunis en une seule natte à la manière des veuves, l'épouse incomparable n'a pas voulu se consoler; elle a gardé, malgré tout, sa foi, sa douleur et ses souvenirs. L'enfant est là, trait d'union entre ces deux cœurs meurtris; Sakountala ne se rappelle que les jours heureux et, sans une question, sans une plainte, elle ouvre ses bras à l'époux repentant.

Aux premiers transports succèdent les explications. Ce n'est pas pour rien qu'une immortelle a donné le jour à Sakountala. Du haut des sphères divines la tendresse protectrice de Mênaka veillait sur elle. En voyant sa fille si malheureuse, la nymphe est descendue sur la terre et a enlevé dans un nuage la mère et l'enfant. C'est ainsi que, vivante, la jeune femme s'est vue transportée au séjour des bienheureux.

C'est au tour du roi de s'excuser.

Lorsqu'il se montra si insensible, sans nul doute, une malédiction s'appesantissait sur lui. Lorsque l'anneau, cherché en vain, fut retrouvé par hasard et mis sous les yeux de Douchmanta, cet aveuglement se dissipa soudain et la mémoire revint au roi pour se désespérer. Des messagers, envoyés dans toutes les parties de l'empire, ne purent découvrir celle qui se cachait trop bien à l'abri des bocages célestes ; depuis, les jours du roi se sont consumés dans la souffrance et les regrets. Appelé par Indra pour combattre les géants Dânavas, il redescendait sur la terre lorsqu'un pressentiment étrange lui donna l'idée de s'arrêter dans ces lieux. Il en est persuadé : la bonté des dieux avait préparé cette rencontre pour réunir deux époux inconsolables.

Sakountala ne doutait pas de la sincérité de Douchmanta, elle s'en souvenait à présent : ses deux amies lui avaient parlé de la malédiction de l'ermite et recommandé expressément de ne pas oublier l'anneau qui devait la faire reconnaître. Mais la tendre héroïne avait bien mérité d'entendre de la bouche même des dieux la réhabilitation de son époux.

Venue des airs, une voix, qui n'avait rien d'humain, jeta ces paroles au couple amoureux et ravi :

« Écoute, o Sakountala, la vérité que t'affirment les habitants du ciel : la volonté du roi magnanime n'était pour rien dans le long oubli et les refus dédaigneux qui ont affligé ton cœur; ton époux obéissait à une influence surnaturelle dont nous nous réjouissons d'avoir pu contrebalancer les effets. Quant à toi, Douchmanta, reconnais ton fils et honore sa mère ; cet enfant que voici est bien celui qui est né de ton union avec Sakountala. Emmène-le dans ton palais, élève-le avec sollicitude pour te succéder un jour. Il soumettra à sa domination tous les rois de la terre et par lui s'accroitra encore la splendeur de ta race. »

Toutes ces prédictions devaient s'accomplir. De retour dans ses États, le roi offrit pour la consécration du prince héritier, nommé Bharata, de nombreux sacrifices aux dieux et de magnifiques dons aux Brahmanes. Bharata fut le chef de la grande race des Bharatides dont le Mahâbhârata a célébré les exploits et la gloire. Quant à Douchmanta, il vécut encore de longues années avec celle qu'il avait si miraculeusement retrouvée. Après tant d'épreuves, une félicité sans nuages était bien due aux deux époux.

Ainsi finit l'histoire de Sakountala, cette héroïne des âges antiques qui eut toutes les pudeurs de la jeune fille, toutes les énergies de la mère et tous les dévouements de l'épouse.

Table

CE VOLUME
a été imprimé, gravé et broché
dans les ateliers de Edouard Guillaume
Editeur-Imprimeur de la *Collection Guillaume*
105, boulevard Brune, 105
PARIS
15 Mars 1894.

NELUMBO

Edouard Guillaume, Imp.-Edit., 105, boulevard Brune, [illegible]

www.ingramcontent.com/pod-product-compliance
Ingram Content Group UK Ltd.
Pitfield, Milton Keynes, MK11 3LW, UK
UKHW031854260826
14628UKWH00002B/763

9 782329 424019